句集

白露（しらつゆ）

赤間 学

朔出版

句集　白露　目次

〈ブックデザイン〉
アートディレクション　奥村靫正
デザイン　石井茄帆
ともにＴＳＴＪ

句集　白露

しらつゆ

Ⅰ　みちのく

二〇一八年

一二三句

寒鯉の寒鯉として動かざる

去年今年廃炉の行方問ひもして

今もなほ揺れてゐるよな冬霞

師菅原鬨也を偲んで

鯨波(げいは)忌や「立春」として十七音

大津波見てゐし春のサングラス

ランドセル残る校舎や春夕焼

除染工と海へ黙禱鳥雲に

分からぬままに逃避行春の闇

人棲まぬ家に毀るる梅の花

連凧につながつてゐる地球かな

暖かし還りこぬ人馬の里は

蒲公英に戦車の男来て寡黙

春の雪三つまで見ゆる麓の灯

孫 迪花(みちか)へ

迪花より波の音聞こゆ鼓草

春の日を纏ひ吾子抱く娘かな

産土の水の匂ひや春の月

巻貝に耳をかざせば春の海

街は春空いつぱいにやつてきし

鉄棒のまだ濡れてゐる猫の恋

鳶高く野焼の風を摑みけり

春の鳶暮鳥の詩(うた)の中に啼く

連翹の花びらは蛾の翅のごと

一本松を離れて朧動きけり

土軽く叩きて種を撒き了る

花冷えや水車の運ぶ日暮あり

花に蛇ときに深空に水脈を曳く

渓谷や花びらひとつ三つ万(よろづ)

復興や北の海女曳く命綱

山桜水車ゆるりと時刻む

大空をトランペットの暮春かな

麦秋や余生被曝の世に生きて

長男夫婦と奄美大島へ　三句

初夏の風ぅみがめの産卵地

はつなつのさつきまで海だつた水

親子のカヌーにマングローブの森

宿坊の大き塗椀風薫る

馬蠅の即かず離れず山晴るる

山葵田の谷を切り裂く時鳥

死にざまも生きざまなりて夏落葉

文字書けば蛇に化けるといふことも

人間は一本の管桐の花

新緑や山を貫く穴ひとつ

臍ありて帯の定まる桐の花

巣立鳥風の溢るる大樹かな

万緑や命は水の匂ひして

仙台市の四ツ谷用水、今は暗渠に

路地になほ四ツ谷の名残りあやめ草

梅雨の入緋鯉の赫（あか）を流しけり

雨脚の向ぅ明るく立葵

その彩をガラスの皿にさくらんぼ

雨の打つ大字小字蝦蟇

暗がりに風鈴鳴るや桜桃忌

夕立はみな俤にしてしまふ

蜘蛛の囲に一番星のかかりけり

梅花藻や白石城に雲一つ

竿しなる形に出羽の囮鮎

絵団扇として大は大小は小

部屋ごとに違ふ滝の音夏座敷

水番のひとりは月に睡りけり

一心に向日葵描きてふと哀し

クーラーの風絵葉書のナイルの帆

野馬追の馬恍惚と野にありぬ

フクシマに生き原発の火蛾になる

白南風や田中一村といふ画家

故郷に帰れば父の鱧胡瓜

阿武隈川の右岸にて

晩夏の蔵王や川面の夕明り

川なりに風も曲がりて夜の秋

樺太の見える礼文島にて

波の音の満つる花野や礼文島

戦争を語らず仕舞ひ盆の月

凹面鏡に現るる天の川

爽やかに管弦楽の音合せ

秋天を撃つスタートの連写音

梁(うつばり)の構へも古りぬ後の月

秋日和天つつぬけに魚売

露草や明治女のたたずまひ

義兄　故半谷四郎の墓前にて

納骨の供花に留まる秋の蝶

さう言へば稲架に野良着を掛けしまま

魚の骨きれいにぬけて十三夜

鉄瓶の湿りの色や茶の花忌

紅葉山侵して葛のなほ青し

あをぞらの青空らしく柚子は黄に

妻　仙台ゴスペル・フェスティバルに参加して

ゴスペルや物干竿に露あまた

被災地の風の電話や鰯雲

末枯や光の粒の石の川

暮の秋ビーナス像に縄の跡

自然薯を掘り上げる完璧主義者

竹竿の先の熟柿の重さかな

夜更けて凧ダ・ヴィンチ人体図

浮寝鳥虚子は迷ひのなかりしか

蔵王より山雨到れり帰り花

夜神楽やどぶろく沁みる神の鼻

なにげなく枯木叩きぬふたつ三つ

どこまでが被曝地どこまでも枯野

石蕗の花足音のせぬ人が来る

冬日てらてらと阿佐緒の泪痕

大根や水の地球を食すごと

潜り舟に干す鰯四五匹風に雪

たまに来て父は火鉢を据ゑくれし

家に帰れぬ子へ贈るクリスマス

乳呑児の放屁笑へば風花す

原発の上に年越の大星雲

原発のもろく冥(くら)くを霜夜といふ

津軽「若宮揚排水機場」建設に際し

人情の底にあるストーブ列車

地吹雪や砂の波紋の十三湊（とさみなと）

風雪の威を現せし樹氷かな

みちのく　二十句

鐘の音の海に溢るる去年今年

みちのくの滝の垂氷(たるひ)を闇といふ

かまくらの市中に漏るるほの灯り

みちのくの山の深さや雪女

寒月の谺してをり馬仙峡

みちのくのざらつく空や冬木の芽

みちのくの海に春呼ぶ大読経

みちのくの地に下萌の及びけり

引鶴の空に夕日の重さかな

沖に亡き者のこゑする暮春かな

みちのくの花咲く音を聞きたしや

野の花もともに大地を受け継ぎぬ
蕎麦の花イーハトーブの風になる
みちのくの星降る夜となりにけり

松島の月下のこゑを聞かんとす

日高見の山高くあり鯊日和

みちのくの深き黙あり牡蠣筏

山寺の寒さに耳の澄みにけり

みちのくの落日白し寒雀

松明の中に年逝く月の山

II

四国巡礼

二〇一九年

一二〇句

白露の即ち君とゐる如く

とにかくも初湯に骨のゆるびたり

初明りシルクロードの末裔に

ダンの詩のマリアは誰ぞ読始

ダン＝イングランドの詩人

けさ春のゆゑなく開くる昼障子

初旅は津軽の雪にぬくもらん

大沼酒造店の銘酒「乾坤一」

寒造り乾坤一といふ雫

雲阻むものなき空や鴨の陣

ダム底の見えてゐるなり狐罠

女人の多き一座なり鯨波の忌

公魚弁当廃線駅は潮の香

公魚の天ぷらさくとほの苦く

朧月軍馬の鞍のひかり忌む

海朧にて臍の緒を切りしあと
魂すでに春日の粒になりにしか
肺青し春潮に息合はすとき

村ぢゆうの仏出で来よ梅の花

春一番生命(いのち)の息吹かも知れぬ

ほんのりと紅のさしたる蓬かな

花こぶし三好達治の詩（うた）のやう

万愚節眠る時間の砂時計

春風や鏡一人に向く床屋

藪椿きのふの夢のありどころ

沈黙といふ大いなる春日かな

亀鳴くや鼻のあたりの風邪ごこち

虚子の忌や蝶の軌跡を辿りつつ

花に雪狐の影絵見えて来る

絵心や花の向うの霧のいろ

父の遺影とし

馬上にて腰にサーベル花の下

寝言でも訛り忘れず花林檎

微笑(ゑ)む如く眠るが如く山桜

曲がるとき後ろをみたり春の人

表札に残る子の名やつばくらめ

ほっとして己にかへる山桜

春愁の果て握りしむ掌に胡桃

平成の御代を惜しみて春惜しむ

くちびるの風に敏しやリラの花

籐椅子や昭和平成令和へと

花は葉に石は石にて野仏に

落石の谺してをり揚羽蝶

川風に鳴る青葦を刈り難し

濁流の澄みゆく力端午なり

薫風のクラーク像や楡の町

樹の暗(く)れの風やはらかや卯波立つ

近景に薔薇遠景に黒い波

村の水車の水尻や尺山女

鶯の去れば無縁の人ばかり

梅雨の夜付きくる犬をうとみけり

新宿の反戦フォーク梅雨晴間

父の日や王冠落ちて瓶残る

茹で卵つるりとむけて梅雨明くる

袋掛けラジオは地震を告げてゐる

人形の唇紅し雲の峰

肉を刺すフォークヨットは帆を孕み

向日葵の光は海に収束す

蛍草石垣なべて野面積

人の渦出来ては消ゆる祭かな

酷暑かの津波来し碑を匂はしむ

足裏に地震の残りし大暑かな

図書館の涼風を去り難きかな

藍の風吹く街仙台七夕

水道管の雫の影や原爆忌

八月や繰り返し聴くソノ・シート

八月の折鶴に息吹き込みぬ

山碧し橅の葉に露浴びし日は

秋の蝶草の夕日にまぎれけり

あかつきの色残りけり芋の露

白萩のきのふと違ふ風ながら
お萩食ふ箸かく舐めてかく老いて
山萩の結局伸ばし放題に

糸瓜棚さまざまな愚痴垂れてゐる

秋夕焼荒磯さまよふ蟹ひとつ

斜陽濃しおしろい花はみな仲間

稲架の棒束ね真昼の日をたたむ

雁や戦なき世の天守閣

混沌と虫の闇にぞ墜ちゆけり

町俤もなしされど花畑

月の出る頃の晩鐘聞きたしや

赤林檎津軽まるごと罌りけり

旅終へて又旅に出る虫時雨

一湾に星ふる夜や耶蘇の塔

露時雨吾妻小富士の見ゆる墓

内ヶ崎酒造店の銘酒「鳳陽」

天下泰平その銘鳳陽新走り

紅葉且つ散る空海の独鈷水

逝く秋や壺の碑文の色あせず

人生や滝に紅葉の塵すこし

この宇宙より一本の大根引く

神の旅潮の満ち干き気にかかる

柱には月日流るる神の旅

橅の葉の一雫より牡蠣育つ

歌枕訪ねし里のしぐれかな

しぐるるや教皇つつと爆心地

松島芭蕉祭　瑞巌寺にて

時雨忌や庫裡の障子の昼灯り

廃校にビー玉ひとつ時雨虹

孫　陸都へ

るりしぐれ陸都吾呼ぶあぶぶぶぶ

涸るるものみな枯れ尽くし小六月

解体の家に立ち会ふ冬帽子

冬薔薇衿美しく座りけり

雪吊の雪降る前の静寂かな

三陸の風になりたるラガーたち

四国巡礼　二十句

秋立つや阿波は夕日の大き国

鶏頭の日暮はどつと眉山見ゆ

露けしやあと一寺を一里ほど

一心に禱る白衣の露に濡れ

コスモスの中の迷路に行き昏れて

椎の実を拾ひしことが今日の幸

霧の夜の膏薬にほふ遍路宿

風音と団栗落つる記憶のみ

石段を登りし黙や鳥渡る

神の意のままに大霧山下る

同行二人として花野に昏れて

巡礼の背に風あり曼珠沙華

白湯甘し寺の夜寒のつよければ

鰯雲みほとけの掌は空を享く

真直ぐに芒の中へ夕ごころ

源平の舟溜りより夕月夜

御朱印を額に掲ぐる夜長かな

瀬戸内に帰燕の空のありにけり

神杉に巻きつつ散りぬ蔦紅葉

今生を忘れんと降る落葉かな

Ⅲ　白神山地

二〇二〇年～二〇二一年春

一五〇句

山寺紀行にて

残雪や蔵王の天に鷹ひとつ

弾初（ひきぞめ）のいま序より破へ転調す

初春や荒事役者の隈取に

それぞれのふるさとにある雑煮かな

藤蔓の太く捻ぢるる淑気かな

洗ふたび深まる藍や冬の川

シベリアに遺骨残れり冬北斗

漉きし紙漉きし手にもて賜りぬ

除染田に客土の山や日脚伸ぶ

探梅の誰とも遭はぬ野山かな

懐炉して沖に働く人のゐる

雪匂ふ蔵王の闇の追儺かな

多喜二忌や氷海の闇の一ト灯り

バリトンにソプラノからむ雨水かな

ドナルド・キーン氏を偲んで

震災も語り継ぎたり黄犬の忌

眠りより覚むるコロナや冴返る

走り根の走るにまかせ猫の恋

コロナ禍の外出自粛春浅し

春一番菅原文太の嗄れ声

潑剌と澄みたる瞳すみれ草

灯の点る雛の間に父居りにけり

校庭の大樹忘れず卒業す

つばくらめ畳あをくて冷たくて

土筆出て摘みゐてをれば子も摘みて

雪解川女の咽喉のころころと

刻々とコロナ迫りぬ春の闇

百足光生君（楡副宗匠）著『荷風と戦争』出版を祝して

春泥や荷風のをみなどぶ板を

風信子夜目に崩るる波頭

白い防護服着て菜の花パスタ

入学す震災遺児もはや成人

蔵王嶺の残雪にほふ花にほふ

コロナ禍の家族団欒花の冷え

仏とも鬼ともなりし虚子忌かな

メリー・ポピンズの大空へ春の蝶

医療従事者へ銀座の鐘や春灯り

むず痒きまで春コロナ孵りけり

水温みつつ里の田を潤しぬ

春深む母情の深みゆくごとく

学び舎のこゑも失せたり花は葉に

五月憂しコロナ休暇といふ次第

菖蒲湯に虚子の一句を口ずさむ

言霊の降りて五月の竹の冷え

掴みたる鮒のぬめりや青葉冷

カステラに薄皮あるや竹落葉

被災者の戻る麦の穂月夜なり

青年は蹉跌の森へ夏落葉

薫風の馬柵は静まり水競ふ

郭公や久しく巻かぬ掛時計

ぼうたんの日暮を急ぐ人の影

蚕豆の莢六寸に三四粒

茉莉花の香の呼び覚ます昔かな

昼寝癖つきたる夫婦金魚玉

コロナの夜白蛇の舌を炎とす

目の前の猪飼の森も夏山に

中空に蛇のうねりと薔薇の棘

大瑠璃のすつぽりつつむ欅の木

さくらんぼ食うてつぶやく国ことば

コロナより逃げて夏の夜のスキャット

素足にてオリーブの樹へこんにちは

接岸時大タイヤ凹みたる夏

スリラーのビートを刻む素足かな

賢治似のをとこが来たるやませかな

梅雨寒やメルトダウンの無明の灯

水はじく斧ほてるなり梅雨山河

忽(こつ)と立つうさぎの耳や月見草

氷雨去る海はひかりの棘に覚め

夕焼の田や鎌田三之助伝

山の子の川を堰きたる素つ裸

夏休み大恐竜の骨の下

炎天を待つ少年の葉切傷

三伏の籾の背に張る重みかな

猪と対峙して夏星を撒く

尾根に雲湧く旱池峰薄雪草

想はねば海は消えゆく羽蟻の夜

大らかに廻る地軸や大西日

七夕竹立つ地は西日ビラまかれ

写生子のパレットの中風立ちぬ

涼新た被爆ピアノと乙女子ら

蜩のこゑ遠きほど澄む暮天

鯛や海の底ひの都より

鯛の骨なきひとの魂に啼く

蛾眉の夜の土間の三和土の仄明り

川底に哲学者たる鰍の眼

銀河へと列車の旅の一人かな

太古より日の雫なるぶだうかな

十月の望の夜コロナと生きる

稲の香の十月またも月孕む

十月を夜潮流るる橋の上

秋夕焼縄跳びの輪を抜けて来る

無花果裂けばさ迷へる国ありき

十月尽巨船ひたすら北溟へ

蒼天のなかに菊の香しんと澄む

草紅葉して亡骸は一夜のみ

秋思とはいへ黒潮の大蛇行

土を鋤き返す光や赤林檎

冬隣項羽の夢の覚め易し

外は水のやうな月明であらう

鉄瓶のどつと重たく秋の暮

深秋の朝透けてゐる絵皿かな

秋深しいのちひそかに夜の翅音

うすら寒口にふふみて小骨とる

雁や民族絶えて言葉絶え

干大根灯ともしそむる峡の家

凩にさびしき音のありにけり
夕映えの枯草は流人のにほひ
返り花咲きて気丈の母のこゑ

大動脈瘤破裂で緊急手術　六句

離陸するドクターヘリと凍空へ

死出の旅路に寒夜さへ去り難く

しぐるるや白衣呼び鈴尿の音

仕事よりいのちと寒の月明り

とにかくも生きた小春日和のやう

大鷹の命ひとつを摑みけり

壊れたる眼鏡ひとつやレノンの忌

鴨は身を流れにゆだねつつ流れ

日の凍てて朝（あした）の海のありにけり

一筋の光射しこむ冬至かな

大晦日黒豆煮えて白湯が湧き

山鳩のこゑのおほ寒小寒かな

寒月の青の時代のピカソかな

大寒の鋼の如き母子かな

二度三度ふと呟きぬ春隣

下萌の地に踏みぬ術後の一歩

下萌の祈る容の土偶かな

北方領土鶴引く空のありにけり

熟睡児（うまいじ）の夢の続きか揚雲雀

コロナ夜の春カザルスの鳥の歌

海鳴りかあの日のこゑか牡丹雪

紅梅やうしろに浪の現るる
未来永劫三月は来る東北に
廃炉塔墓標の如くかぎろへり

白神山地　二十句

瞽女(ごぜ)唄に津軽は雪や越後なほ

大巌を乗り出す滝の凍てにけり

白神の鳥のこゑ聞き雪籠り

白神の太古の息吹雪間草

如月の一夜で濡るる橅の幹

来ても見よ津軽の空の花霞

つばくらめ川は夜風に匂ひけり

白神の滝のかずかず夏に入る

草笛をもて夕空を讃へけり

滝壺に生まれし風のありにけり

さみどりの山繭の村通りぬけ

空ひたと定まる秋の岩木山

秋天へお山参詣大幟

テントして銀河の下に寝しづまる

通草の蔓を刈り採りて山仕舞ひ

しぐるるや山の日暮の熱き粥

白神に日本海より雪の雲

マタギらの越え来る山は風の国

羚羊の二三度うしろ見て去りぬ

海鳴りの聞こえて寒の蜆吸ふ

句集　白露　畢

付　東日本大震災三十句（句集『福島』より）

文字のなき紙一片や牡丹雪

春恨や海のめり来る逃げて逃げて

繋がりし携帯の灯や春火垂る

棺なく花なく野火の餞（はなむけ）か

陽炎の人ら柩を掘り出しぬ

東北は背骨真直ぐ甲虫

福島は福島であれ夏の海

凩や瓦礫は今も街の中

春の日や生きるものへと水動く

地球上に寝転べる若草あるや

死者は彩(いろ)鮮やかに盆の落雁

被曝の町の泡立草と信号機

福島をじつと見てゐる万年青の実

海隠す防潮堤や冴返る

除染女の日焼の顔にマスク痕

夏草や被曝の牛と生かさるる

大海にセシウム洩るる炎暑かな

あの日より水仙は我が地震の花

一片の凍てし乾パン忘れまい

避難所のふるさと語る吊し雛

野馬追の風になりたる馬の子よ

浚渫ふ人ら春日の中に居り

猪檻の置かれ落花の始まりぬ

床に膝給ふ行幸夏の月

百日紅昔のままの水飲場

福島の火蛾にならねばならぬかな

秋天や福島ザブザブ洗ひたし

被災者のその後聞きゐる夜長かな

一行の詩(うた)の祈りや冬の星

白鳥帰るいまだ不明者ゐる海を

あとがき

本書『白露』は『福島』に続く私の第二句集である。本書には、第一句集出版の二〇一八年から東日本大震災十年となる二〇二一年春までの、約三年間に作った中から計三九三句を選句して収録した。刊行に当たっては引き続き朔出版の鈴木忍さんにご面倒をお掛けした。深く感謝する。

白露の即ち君とゐる如く

句集の題は掲句からとった。俳誌「滝」(成田一子主宰)二〇一九年十月号の「瀬音集」に掲載され、後に角川「俳句年鑑二〇二〇年版」で正木ゆう子氏選の一〇〇句選に選ばれた句である。感謝の気持ちを込めて迷わず決めた。

私は渋沢栄一氏創業の築港会社に長年勤務し、その縁で東日本大震災後は、国の復興再生事業の技術支援業務に従事してきた。その仕事のかたわら、六年目を迎える結社「楡」(旧「仙台一高楡の会俳句部」)という会員約三十名のメール月例句会の宗匠として、編集長の笹川進君と共に運営してきた。二〇二〇年一月以降はコロナ禍の中、「滝」句会、宮城県俳句協会等団体の催しは欠席とし、三十年目の「滝」と、十四年目の「青磁会」（中山一路代表）への投句に力を注いできた。

その一方、文化の日に予定していた「俳句をうたう」コンサートはコロナ禍で中止の止むなきに至った。弘前市立百石町展示館で、「東日本大震災から一〇年」として学友奈良岡秀樹氏作曲の震災曲のコンサートを行う予定であった。当日のプログラムは、まず東日本大震災の三十句を作者である私が朗読し、その後、歌い人である学友のソプラノ木村直美氏（弘前ねむの会代表）、バリトン白岩貢氏（青森大学声楽科教授）、ピアノ鈴木久巳子氏による演奏会となるはずであった。二週間前のゲネプロの演奏ではあったが、学友今廣志氏（弘前大学フィルハーモニー管弦楽団常任指揮者）により「エフエムアップルウェーブ」で解説付きで放送して頂いたのはよかった。

今年三月、東日本大震災から十年を迎えた。被災地は未だ復興半ばであり、復興再生事業に携わる者として忸怩たるものがある。本書の巻末には第一句集

『福島』から東日本大震災三十句を引いた。本書をお読みいただくにあたり参考になればと願う。

私事ではあるが、二〇二〇年十一月十八日、勤務中に腹部大動脈瘤破裂を来し、AED電気ショックで心肺蘇生後、浪江町救急車とドクターヘリで搬送され、緊急手術を受けた。福島県立医科大学附属病院心臓血管外科・藤宮チームの執刀を得て命を救って頂いた。コロナ禍にもかかわらず患者に寄り添う笑顔の絶えぬ医療スタッフに感謝の気持ちを伝えたい。

若い時に陸上選手として国体に出場し、その後もスキー、水泳、ゴルフ等の運動と、遊びの虫のお陰か、正月明けから仕事に復帰している。

最後に、俳誌「滝」の故菅原鬨也先生、成田一子主宰のご指導に厚く御礼申し上げます。そして、様々な俳句仲間と豊かな時間を過ごせる日々に感謝し、今後も一日一日静々と詠んでゆきたい。

令和三年　暮春

赤間　学

著者略歴

赤間　学（あかま　まなぶ）

昭和23年　宮城県大郷町生まれ
昭和41年　学友故葛西珪君と学生俳句会開催
昭和44年　学友仁科源一君と同人誌「飛土」、後「斜坑」同人
平成４年　俳誌「滝」に兄仁（俳号赤間白石）の勧誘にて入会
平成22年　俳誌「滝」編集部長
平成26年　宮城県芸術協会文芸賞受賞
　　　　　宮城県俳句協会俳句賞正賞受賞
平成27年　「滝賞」受賞
平成28年　仙台一高楡の会俳句部・宗匠に指名される
　　　　　宮城県俳句大会河北新報社賞受賞
平成30年　「福島 2017」で第 29 回日本伝統俳句協会賞佳作一席受賞
　　　　　第一句集『福島』上梓
令和２年　宮城県芸術協会文芸賞受賞

日本伝統俳句協会会員
宮城県芸術協会会員
宮城県俳句協会会員
結社「楡」宗匠
俳誌「滝」同人
俳誌「青磁会」会員

現住所　〒982-0031　宮城県仙台市太白区泉崎 1 丁目 18-35-106
E-mail　nbk10022@nifty.com

句集　白露　しらつゆ

2021年6月30日　初版発行

著　者　　赤間　学

発行者　　鈴木　忍

発行所　　株式会社 朔(さく)出版
郵便番号173-0021
東京都板橋区弥生町49-12-501
電話　03-5926-4386
振替　00140-0-673315
https://saku-pub.com
E-mail　info@saku-pub.com

印刷製本　日本ハイコム株式会社

ISBN978-4-908978-65-4　C0092